布爾喬亞的半山腰

水瓶鯨魚

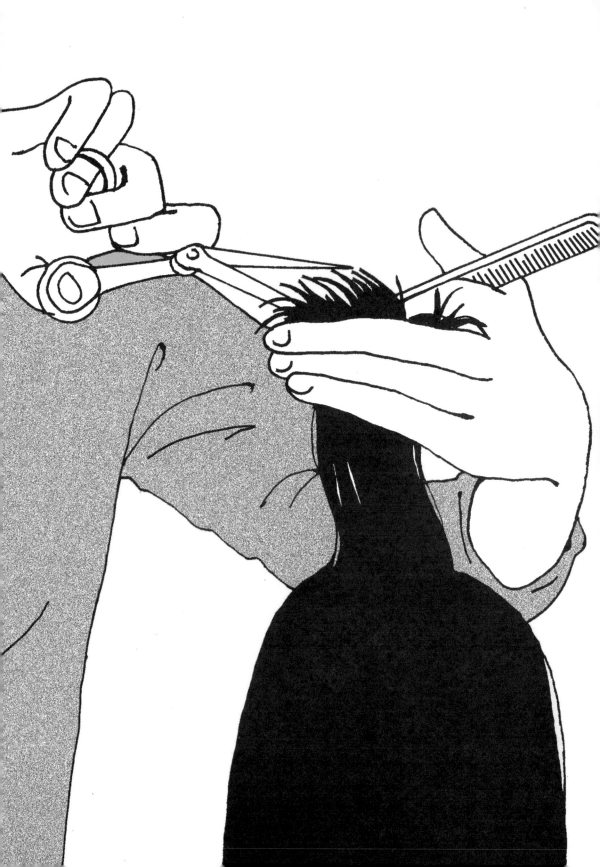

contents

百無聊賴
的蠢夏。

大家都在惡搞，我也不甘寂寞。

我剛剛去了醫院……

真的是我的嗎？

你什麼意思?!

開玩笑的，我在開會，再打給妳。

阿正

我有了。

阿正

我有了。

正 確定嗎？

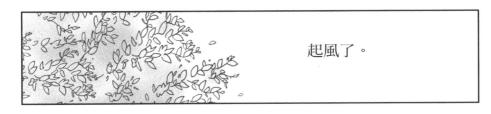

起風了。

不知道為什麼，
這一瞬間，
我突然聽見夏天的聲音。

是蟬聲吧，隱隱約約。

愚人節?!

不會吧?!

艾莉是雜誌社的美術編輯，
正和兩個男人曖昧中。

法蘭克已婚，阿正則有個
同居五年的女友。

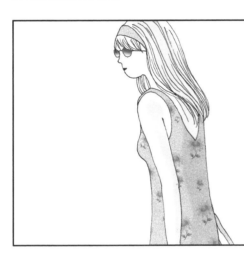

想到他們兩個
都不是我的，
就想惡作劇
一下。

後來呢?!

嚇死我了！我的心臟不好，拜託！

如果是真的呢?!

……

你其實猜到愚人節吧？

並沒有。

如果是真的呢？

就生下來啊。

你女朋友呢？

我就跟她分手，跟妳結婚。

不覺得很隨便嗎？
說分手就分手？
說結婚就結婚？

是有點
隨便……

不過——
光聽到這句話，
我還是很高興。

春 小吃店

歐吉桑～
我餓死了！

是妮可和
阿瑛啊！

兩碗咖哩海鮮烏龍麵，我要大碗的。

瑛姐不是要減肥？

大吉是老闆歐吉桑的兒子。

你有夠煩!!

附近歐吉桑的小吃店，算是某種八卦中心，大家很愛在這裡談是非。

什麼艾莉和法蘭克分手了？

還跟阿正在一起嗎？

對！

沒錯！

最討厭阿正這種渣男了！

果然很隨便！

法蘭克呢？誰比較渣？歹講喔！

沒想到要分辨男人的心，只需要一個愚人節惡作劇……

真令人心寒！

那是女生傻！

小屁孩，又懂了?!

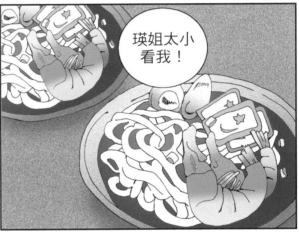

瑛姐太小看我！

我有個學姐真的很慘……

在愚人節前夕，發現男朋友口袋有好幾張雙人用餐的發票，竟拿來開玩笑。

吃飯的發票，又不是上賓館的發票。

沒錯！她只是好玩，想在愚人節嚇嚇男友。

你是不是出軌了?!我有證據。

……

對不起。

!!!

有夠傻！笨蛋！

女生就是愛玩遊戲，不知道愛情經不起考驗。

說得好像你很懂女生一樣！

是姐姐們調教有方啦……

不要忘記幫我介紹女朋友！

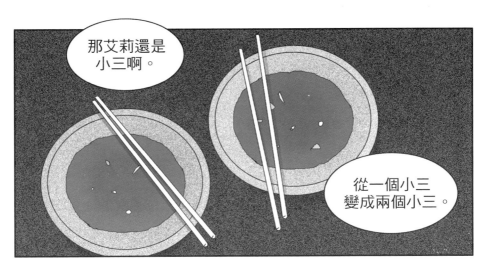

那艾莉還是小三啊。

從一個小三變成兩個小三。

哈哈,兩個小三,不就是小六?!

算術好棒棒,如果我當三個男人的小三,不成了小九?

小九,妳是小狗耶!

如果是七個人的小三,21,BlackJack!

不過呢……

大吉說得對，愛情真的經不起考驗。

因為愚人節的測試，阿正竟然如此輕易回應，就看艾莉怎麼想了——

阿正

我有了。

確定嗎？

剛剛去過醫院

那就生下來吧

「你其實猜到是愚人節吧？」

「並沒有…」

我就跟她分手，跟妳結婚。

為什麼？

艾莉突然很想挑戰阿正的底線。

帶我去見你朋友，都不認識你朋友……

好啊。

竟然輕易答應？

這是艾莉。

我們是阿正大學同學，都是吉他社的。

沒空練吉他，有空把馬子！

早就聽過妳的名字，沒想到這麼漂亮。

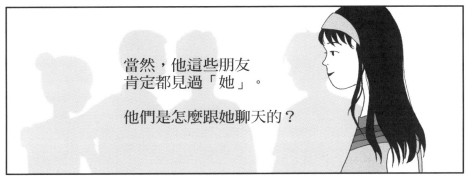

當然，他這些朋友肯定都見過「她」。

他們是怎麼跟她聊天的？

我媽來看我，要不要跟她一起晚飯？

伯母好年輕哦！

應該叫大姐。

唉喲，嘴巴真甜。

阿正是怎麼稱讚「她」的媽媽呢？

同居五年的女友，為什麼還不結婚？

她長什麼樣子？
她是長髮還是短髮？

我還是沒開口問。

生日禮物。

我生日還沒到啊？

我知道，9號下星期四，我怕那天可能有事，無法陪妳。

好漂亮的鞋！

那天有事？
要陪女友嗎?!

喜歡嗎？

好高興。

步步為營，

分寸逼近。

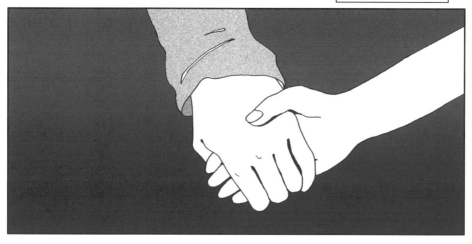

阿正
⋯⋯

今天可以
不要回去嗎？

我，不想當小三。

一個月後。

當真?!

不會吧?!

真的。

不會
後悔喔？

我下定
決心了！

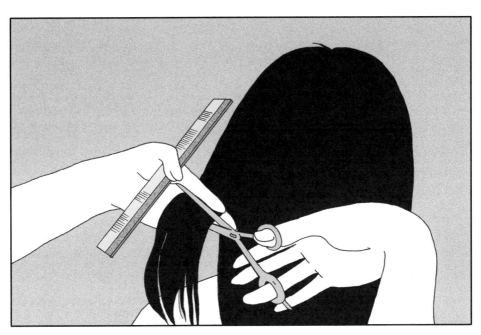

就這樣？

年輕
好幾歲！

STYLE

嗯，就是
這樣。

看起來好好吃！

怎麼會突然想剪頭髮？

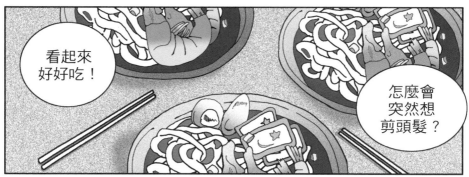

本來很想剃光頭，可是，做不到。

對，我跟阿正女友碰面了。

我們碰面那天，她綁著頭巾，很漂亮的女人，只是有點憔悴。

我知道妳啊。

阿正都會告訴我，放心……

妳不是第一個，也不是最後一個。

阿正每次都這樣，好煩喔。

除非我死了——

否則妳永遠得不到阿正。

我得不到,妳們,誰也別想得到。

嘩!!

嘩!!

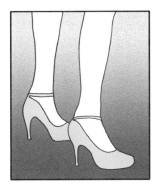

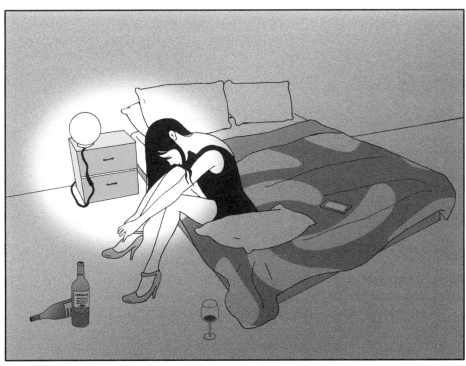

「我生日還沒到啊？」

「我知道，9號下星期四，我怕那天可能有事，無法陪妳。」

請問林子正在嗎？他手機都打不通。

阿正今天請假喔

阿正在醫院吧?!

他女朋友，今天化療，好像遇到一點狀況。

好可憐，那個女生才30歲。

第三期了還是第四期……不好意思，小姐貴姓？妳要不要留話，我請阿正回電給妳。

大概是這樣。

兩週後，
一個蟬聲綿延的傍晚，
艾莉來修剪瀏海。

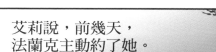

艾莉說，前幾天，
法蘭克主動約了她。

妳剪頭髮了，很俏麗。

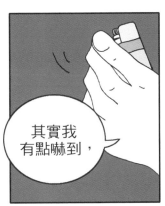

其實我有點嚇到，

因為我很小心的……

妳突然開玩笑時，我老婆剛懷孕兩個月，我們花了幾年時間……終於懷孕。

我很喜歡小孩，很想要有小孩，

對，我很膽小，也很自私。

店裡禁菸喔！

啊，抱歉。

我老婆跟我同年紀，42歲了，終於懷孕。

妳才28歲，還有機會……

所以，你想說什麼？

我……

你到底在想什麼?!

唧唧～

唧唧～

春
小吃

這是一個很蠢的夏天吧?! 簡直百無聊賴！

唧唧～

唧唧～

唧唧～

知道嗎？
當蟬變為成蟲，
開始交配，牠的
生命就只剩下
三個禮拜。

我的愛情
就像蟬吧?!

哇～
嗚～

可是，蟬的
一生最大的
使命，就是
傳宗接代。

交配，是大
自然很神聖
的行為喔。

在秋末的尾聲，
我們收到艾莉的喜帖。

阿正的女友過世了，
隔一週，阿正的奶奶也過世了。

百日內，完婚沖喜。

世事
難料。

這……

好，
我真的不懂
女人……

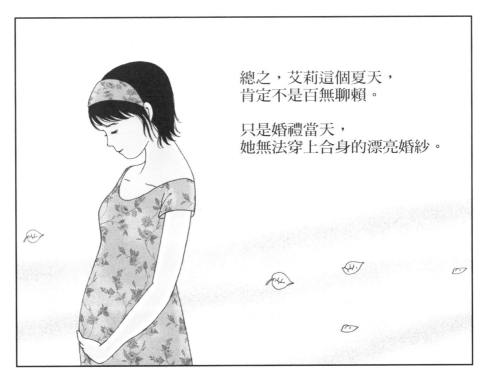

總之，艾莉這個夏天，
肯定不是百無聊賴。

只是婚禮當天，
她無法穿上合身的漂亮婚紗。

三分之一。

就這樣分手，快速而且不拖泥帶水。

這世代，什麼都講究速率，

陰霾一來臨，整條街跟著暗。

和他分手，

就像剛收到公司資遣訊息，
當日就要走人的員工一樣。

快速，甚至連需要收拾
的殘骸都可以省略……

不過，我不是被資遣的，
是我們兩個人，
都感覺到這場愛情不景氣。

47

SHAMPOO
CUT
COLOR
PERMANENT
DESIGN
TREATMENT

什麼？就這樣子?!

連一通分手電話都沒打？

不需要吧。

為什麼？這樣好像如同空氣般存在的情侶喔……

他既然不需要，我也不認為有必要。

你們是神交嗎？

哈哈

神交，哈哈……

48

我們沒有爭執，也沒有吵架，

前一晚，還溫存如昔，

隔一日，靜默如夜。

連說一聲再見也沒有，
就此不再聯絡。

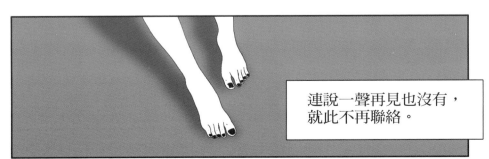

潔西劉，
是公關公司的經理，
一個品味很好的女人，
身上常帶幽幽的香水氣味。

世間，品味好的人，
總有許多自己的規則。

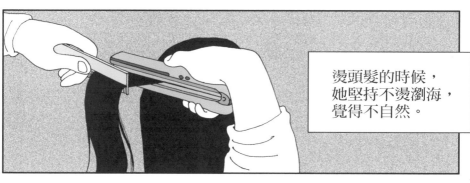

燙頭髮的時候，
她堅持不燙瀏海，
覺得不自然。

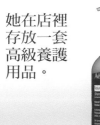

她在店裡
存放一套
高級養護
用品。

她，其實可以
去更豪華的美髮
沙龍，

但她只習慣妮可。

歐吉桑!!!

你又忘了,我不要香菜啦!

歹勢!我換一碗給妳!

撈起來就好了!

不行,湯裡會有香菜味道。

HTT 王家少東離婚兩年再傳新戀情,在巴黎被發現密會22歲女模謝佐佐……

謝佐佐經紀人表示雙方在巴黎巧遇,兩人只是好朋友,剛好同一健身房……

謝佐佐好面熟……

好朋友?!最好是!

現代人談戀愛都說是朋友,還有像空氣一樣的分手……

大家都好棒棒,都是神交!

錯,根本通靈!

老實說,潔希也不算無動無衷……

其實，
那男人出國前一刻，
我禮貌性打過電話……

看到已讀不回，
我就有預感。

我們都不是
少男少女了
……

這年紀相遇，不敢求天長地久，
就求有個讓自己不寂寞的伴。

一但時間到了，就是過場情分，
一筆感情流水帳，
像沒落的 Blog，
過期的 Email，
也不想浪費時間去追問。

巴黎 小模勾小開

那個小開
和傑希……

哇靠？
第一手八卦
消息耶！

不能小看女人
第六感，神靈
驗的……

還忘不了他？

我像癡情的人嗎？

不像。

那還問這句話?!

好奇啊，妳現在沒有男朋友?!

男朋友?!

男朋友，
很困難
……

為什麼？
妳應該很容易
交到男朋友的
……

那，你要
不要當我
男朋友？

我……
我，結婚
了啊。

那就是了，
我這年紀會遇到的
不是已婚男，就是
太年輕的男孩。喜歡的
都結婚了，否則就有
女友，還有像姐妹
一樣的GAY。

妳應該再
試試看
……

小傑，
要讓我試
嗎？

只有讓女人放心
的異性好友──

女人才能夠如此
任性挑釁或
開玩笑。

小傑是潔希的
藍粉知己。

要不要我幫妳介紹男朋友？

這句話，你說了一百遍啦，你覺得誰適合我？

最適合妳的……

不要又說你最適合。

嘻嘻，被妳猜到了。

你們男人喔，都覺得自己最優秀，誰都比不上。

誰說的！

妳們女人還不是都認為自己最美！

事實上，
不分男人
女人……

無論在街上，

或者在酒吧，

美女，肯定是我們首先注意的焦點。

妳們是比較對方有沒有自己漂亮，我可是欣賞。

笨蛋！男人根本不了解女人！

又來了，老是這句話，這樣很難嫁掉喔。

你又知道我想結婚?!

違心之論！

說真的，你覺得我像適合結婚的女人嗎？

改一下，就適合了。

如果你沒結婚，遇到一個女人希望你改變自己，你可以嗎？

應該可以吧！

啊，算了，有點難。

對吧?! 很難。到了一個年紀，養成已久的習慣，要改很難的。

青春時期，
真的比較容易奮不顧身。

甚至連愛是什麼，都搞不清楚。

老以為轟轟烈烈之必要，
燃燒之必要，
壯烈之必要，
獨一無二之必要。

真愛，該不計得失，
失去自我也在所不惜，
像小說或電影。

愛是水，
遇上什麼容器，
就成什麼形狀。

現在，我……

怎麼改呢？
現在太難了。

可是，妳
一點都不肯
妥協，要男人
配合女人，
更難啊。

也不是說都
不可能修正……
能動的也只有
1/3。

1/3？

那是指生活習慣與觀念，
除了寂寞，一個人生活很自由自在，
要因為另一個人改變自己、遷就對方，
是很痛苦的。

我是這樣，遇到的男人，
也一樣。

大家能妥協的不多，頂多
1/3，結果我們都為這中間的
1/3僵持。

他媽的～這是做算術，還是談戀愛啊？

這是大實話，每個男人追女人，不是也一樣?! 追到手就打回原形。

不會吧?! 我就不會。

哈哈哈，你逼你老婆戒菸是什麼時候？我第一天認識你嗎？

我是為了她好……

原來你戒菸了，難怪今晚都沒有抽……

靠，是誰約在禁菸酒吧的？

哈哈，我忘了。

總之
不一樣，我家人
是無法接受抽菸
的女人。

你愛上
她的時候，她就是
抽菸的，你怎沒
想到去改變家人？
卻要她改變？

結婚是兩個
家庭的事啊，不是
兩個人，我只是希望
她可以稍微改變，
她也能夠體諒。

你很幸運，
遇到一個願意為你
而妥協的女人。

誰像妳？
有什麼1/3
位置?!

咦？

別拿你的案例當作真理，是你遇到很愛你的好女人，我才不願下手。

每個人的性格本質和依附生存的價值觀都不同啊。

走吧！

我陪你出去抽根菸。

等一下，下手？什麼意思？

68

一定有。

你在說什麼啦?!

嘿～

你笑得好詭異……

妳以前愛過我，對不對？

咦，我是不是誤導他了？「下手」只是玩笑話啊。

別害羞，我知道我很帥。

你老婆，茵茵可是我學妹，還是我介紹你們認識～

嘿嘿～

承認吧！

妳以前愛過我吧！

愛？

呵……

是曖昧吧。

我們曾經曖昧過，
那時候，
他跟茵茵剛開始交往。

我們下班常相約喝酒，
但只是短短兩個月。

我還記得
那年冬天
……

不知道是哪個笨蛋說要去海邊看日出……
結果寒流來襲，靠，冷斃了。

我怎可能忘記？

彷彿回到初戀……
某種時空錯置。

那瞬間的心動，

是來自醉意？
還是因為嫉妒？

茵茵好可愛。

茵茵竟然不敢吃香菜。

茵茵的靴子比高跟鞋還多呢，真有趣。

茵茵愛吃西餐？還是日本料理？

茵茵喜歡什麼香水？我想送她當生日禮物。

女人經期是不是都會很痛啊?!

……

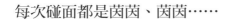

每次碰面都是茵茵、茵茵……

但，幾個月後，
不知道是他清醒了，還是我清醒了。

為什麼女人都不坦率？吃生魚片會過敏就直說嘛。

我覺得茵茵的短靴也太多了，又不是蜈蚣！

唔，她不是處女……

為什麼床上表現得像石女？

知道嗎？床事，最好不要和女友的閨蜜抱怨……

那已經是三年前的事了。

放心啦～

我結了婚，不會對妳怎樣。

......

那雙短靴挺好看！小牛皮吧。

你想說的是那雙美腿吧?!

好啦好啦，確實是美腿啊～

香水是N°5。

這麼年輕就擦N°5，會不會太早熟？

不會啦，你忘了茵茵也很愛N°5。

妳今天擦的是212吧,我早聞到味道。

咦?!

很香⋯⋯

對了,我們之前說到哪裡了?

好像說到⋯⋯

⋯⋯

唉呀，這男人都認識五年了……

我怎會不瞭解他呢？

他是一個連有偷情念頭都膽小的人。

說到可改變的1/3位置。

對對對……

人過了30歲，性格喜好很難改，能變動的最多是1/3。

無論是SEAN，

是小傑，

或是我自己。

有時候會反省，也覺得自己真是難搞的女人。

可是單方面勉強自己去迎合男人，會快樂？

雖然我很懷念青春期那一種奮不顧身的愛。

也回不去了。

1/3，就是相愛的兩個人可以為對方改變的最多比例……

……

想再點一瓶嗎？

好！

故事就是這樣……

艱難的三分之一位置！

這是想像圖吧?!

留一個男人過夜。

#Wham1984年演唱的耶誕歌《Last Christmas》

妳新家挺舒服嘛……

喂，要脫鞋！

基本上，會留一個男人在家裡過夜，90％一定是舊戀人或男性知己，才會沒有防衛心。

他可能喝醉了，不能開車。

他可能失戀了，傷心難抑。

他可能失業了，惶恐不安。

總之，有一萬種理由，我願意讓這個男人留下來，因為他沒有威脅性，自己剛好有莫名奇妙的同理心。

別問了，只有一個慘字可以形容。

後來呢？

那瞬間，我忘了那一年他拋棄我，有多麼狠心。

那瞬間，我，也忘了那一年拒絕他，有多麼殘酷。

那瞬間——

她就是抓到男友劈腿，所以就跟男友的好友上床了……

這種叫雙P吧？感覺很色情！

色情的是3P啦！

又來了，好像你很懂！

剛剛出去的那個美女是嘉嘉吧？

看到她，就覺得好面熟，她最近是不是有拍洗髮精廣告？

是胃藥廣告啦。

竟然讓兩個男人為她大打出手耶！

這麼誇張？大打出手？

朱麗不知道這個新聞嗎？很紅耶！

朱麗夏天才從英國剛搬回來……

歹勢啦。

最厲害的是追嘉嘉那兩個男的都是很有才華的攝影師……

大吉怎麼那麼清楚？

我國中時，可是嘉嘉粉絲團的幹部呢！

據說兩個攝影師是學生時代就有瑜亮情節的好朋友。

我想起來了，
一個叫趙清俊，
另一個是
李弘毅。

原來，Nico
阿姨對八卦
也那麼熟?!

開玩笑，
髮廊老闆娘靠的
就是八卦功力，
否則怎跟客人
聊天？

我以為
憑手藝
……

好奇怪！
為什麼劈腿
會挑選男朋友
的好友？

這樣才有
戲劇性啊，瑛姐
不看電影嗎？

看啊。

心動？

不知道！

花與愛麗絲？

不知道！

七月與安生？

……

有一種愛情，
需要同儕競爭，
才能證明
自己吧。

那，嘉嘉
讓哪個男人被
證明了呢？

你和小趙還好嗎？

妳有病啊？真以為男人如手足，女人如衣服嗎？

啊！對不起，我不是罵妳⋯⋯

⋯⋯哈，我知道。

其實，答應收留他時，我只計算自己的沙發還夠溫暖。

答應收留他時，我忘了自己的雙人床洩露了孤單。

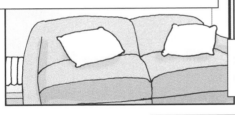

答應收留他時，我從沒想過兩個人，可能會像過往一樣，燃燭、傾杯、夜談。

妳一定忘了，那一次好糗⋯⋯

哼，我才沒忘呢⋯⋯

再次和他獨處，
熟悉的溫暖記憶都回來了，
唯一忘記的是——
我們已經分手好幾年了。

他，曾經狠狠掛掉
我深夜病中電話。

幹嘛不找
小趙？你們
不是很熟？

我，曾經
故意對他
視若無睹。

我送妳的
熊，妳竟然
沒扔啊？

這隻是
限量版
啊……

結果，當我願意開門收留他，
我們竟然都忘了那些不堪的過往，
也可能是故意忽略。

總之，這一晚突然都柔軟起來。

他說最近去山上禪修，
我講起練瑜珈的感受。

人生像一條曲折的路，
總有脊椎骨扭曲的傷。

雖然我偶有
罪惡感，但她明
知道小趙是我死黨，
竟然跟小趙
……

不是啦！
就突然
想到!!

還是那麼
在意小趙
啊？

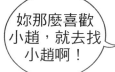
妳那麼喜歡小趙，就去找小趙啊！

那是因為我在校門口等你到11點了，你電話不通，我才打給小趙……

……每個人都有自己過不去的坎吧、轉不過的彎啊。

我以為自己夠精明，卻栽在已婚男人手上……

自作聰明吧。

有一天妳會遇到適合妳的好男人……

我不是開玩笑……

好男人？你嗎？哈。

我三個月沒有做了……

我早忘了多久……

妳和那個倫敦已婚男，難道……

你想問什麼?!

別這樣，我很想妳……

無論誠實與否，所有記憶的回顧再沒有比這一刻——更令人迫不及待。

套子在右邊抽屜第一格。

亢奮中，沒忘記防護。

呻吟中，他略感遺憾，也不得不乖乖就範。

直到清醒後，我們才意識到過夜的副作用……

要先擁抱？還是先喝咖啡？

要吻別？還是一起午餐。

還要嗎？

「晨間體操」，
也是一種化解尷尬的良方，
除非，老天爺太過雞婆——

*Yesterday,
all my troubles
seemed so far
away~* ♪

你的手機
響了！不接
嗎?!

是簡訊，
不用管它
……

*Hey Jude
don't make
it bad~* ♪

哈，妳的手機
鈴聲，竟八百
年沒換！

少龜笑鱉
無尾……

我老媽要我開車載她到宜蘭買鴨賞。

我答應陪小妹去城隍廟。

霞海城隍廟？求姻緣啊？是妳？還是妳妹？

都有。

都有？

聽到這兩個字，感覺怪怪的⋯⋯

這時間到宜蘭，雪山隧道會塞車吧？

想一起吃個BRUNCH嗎？妳家附近有家義式餐館還不錯。

嗯。

⋯⋯也好，城隍廟中午擠人，等一下打電話跟小妹改約下午好了。

99

Yesterday, all my troubles seemed so far away～♪
你的簡訊真多啊！
都是垃圾信！
是嗎？
從昨晚到今午，至少超過20通…真不舒服。
BRUNCH，我想，下次吧，我小妹在等我。
這樣啊……也好，我老媽等太久就會嘮叨。
……

……那，想隨便吃點東西嗎？

哈，我餓壞了呢。

你還是很討厭洋蔥嗎？

妳還記得啊？

記得啊。

唉，關於你的事，我記得的可多著呢。

這就是最糟糕的部分。

所以……

我真的說不出口，
小趙上週來我這裡過了一夜。

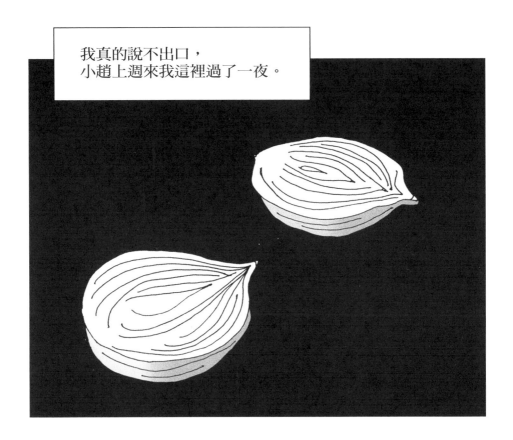

在想像中，
我們一起旅行。

敏銳。

細膩。

體貼。

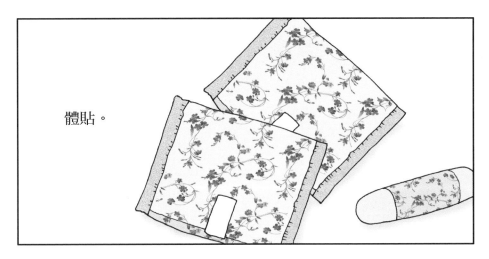

嘉嘉和朱麗相見那天午後，
因為嘉嘉記錯預約時間，
正趕著去上一個網紅的通告。

妳就
不能讓我
一下？

憑什麼？
我一小時後
要開會呢！

為什麼
不能改
時間？

幫我叫
趙清俊來
聽電話！

小趙，通告我不上了……

只是錄影，又不是直播，為什麼?!

等等～

頭髮來不及，改天不行嗎？

盧萍，若改成明天？

明天滿檔！

晚一點呢？

公司尾牙！

算了！百萬網紅又怎樣？

我可是嘉嘉啊！

剛出去的那個美女是嘉嘉吧？

竟然讓兩個男人為她大打出手耶！

一個叫趙清俊，另一個叫李弘毅。

她就是抓到男友劈腿，所以就跟男友的好友上床了……

這種叫雙P吧？感覺很色情！

妳幹嘛？這是我的手機啊！

小趙～

我是朱麗！

……

……

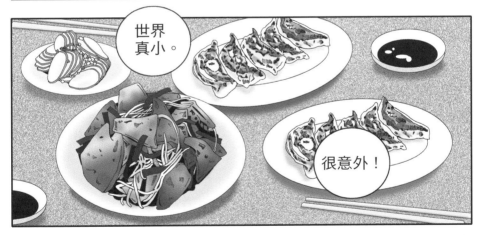

世界真小。

很意外！

我很喜歡小趙。

我也很喜歡小趙。

溫柔，細膩，體貼。

他總是知道妳喜歡的甜食。

他總會在適當時候遞上面紙。

他幫我買過衛生棉……

哈哈，他也幫我買過呢……

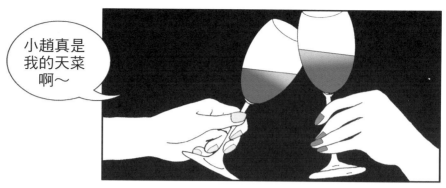

小趙真是我的天菜啊～

可惜，他不愛我。

妳知道的吧？小趙不愛女人。

妳什麼時候知道的？

whale café

一見面就發現了～

我是耶誕節前一週……

不會吧？妳不是大學就認識他了?!

真的……

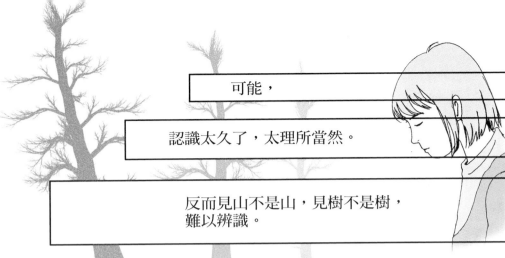

可能，

認識太久了，太理所當然。

反而見山不是山，見樹不是樹，
難以辨識。

這麼久才來找我？

剛去了一趟日本嘛！

記得脫鞋！

新家很讚耶！

哇，千萬美景！

表情怪怪的，怎麼了？

看得出來啊？

嘿呀～

我跟小毅吵了一架……

他們是為我吵架哦！

我知道。

笑死了！被週刊寫成那樣，可惜什麼都不能講……真討厭。

多少虛榮吧?!

當然虛榮，不過罵我婊子的也不少啊。

算了，我可是嘉嘉啊！

妳跟李弘毅有什麼打算？

我才想問妳呢？

咦？

小毅說跟大學女友好像有復合跡象……

啊?!

我可能聽錯了……

這女人
......

小毅說謊
簡直像
小朋友！

我比較
擔心小趙。

聽說這幾年，妳都在倫敦，妳應該不知道我的事。

我曾經跟金主有點糾紛，算了，我就是小三，

對方老婆跑到攝影棚來打我⋯⋯
有一段時間，我接不到工作。

HAND IN GLOVE

是小趙幫我。

妳不像會抽菸的女生～

小趙這麼幫我，本來想以身相許……

開玩笑啦～小趙只喜歡小毅，未免太純情了。

真的很純情。

這是什麼？伴手禮？

不知道妳還記不記得……

118

「總有一天，我們一定要
去北海道旅行，吃和牛、
帝王蟹、泡溫泉……」

兩年前，
我從美國念
書回來，遇
到小毅
……

我又想起學生時代，
小毅的夢想，那也是我的夢想。

小趙說，在北海道時，
他每次買一瓶礦泉水或啤酒或零食，
都會多買一份李弘毅的。

「在想像中，我們是一起去旅行的。」

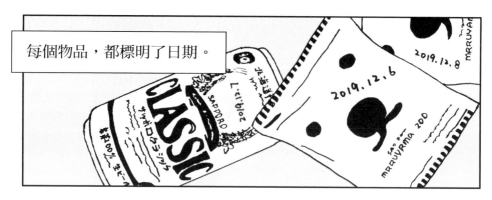

每個物品，都標明了日期。

這是越後湯澤的溫泉水，川端康成的雪國場景喔。

雖然，我吃的和牛、帝王蟹，帶不回來，我裝了溫泉水喔。

小趙……

只是，這次事件鬧得有點大，小毅很在意，他以為我搶了嘉嘉……

但他不應該跟盧萍上床。

120

他不該跟盧萍上床。他不知道什麼是工作倫理！

小毅根本是幼稚的小學生！

他真的不該跟盧萍上床，盧萍是我同事。

即使如此，小趙對李弘毅還是……

Last Christmas I gave you my heart～♪

But the very next day you gave it away～♪

#Wham1984 年演唱的耶誕歌《Last Christmas》

123

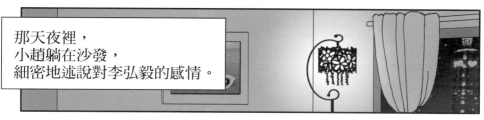

那天夜裡，
小趙躺在沙發，
細密地述說對李弘毅的感情。

當他睡著了，
我卻失眠了……

因為他說話的神態，
像極了我19歲
剛愛上李弘毅的模樣。

14年前的12月7日，
第一次吵著要去北海道、
泡溫泉、吃帝王蟹那天。

是李弘毅的生日。

每年生日，他不忘重複。

荒謬的是，這14年來，
我們都不曾，不曾
跟李弘毅一起旅行過。

2019.12.7

布爾喬亞的半山腰

曾經獸欲的美妙時光
消逝後，

睡睡，

醒醒，

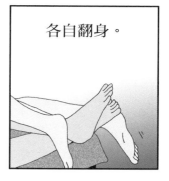

各自翻身。

風經過，
灰燼般的餘溫透明紛飛
……

情欲的碎片，
逐漸結成一張
記憶的薄膜，
如同掌心的紋路。

從此依附
在牆角。

我們順著山徑走、
沿著海灣繞，
慣性犀利，慣性迂迴；
慣性安靜，也慣性怠惰。

在岩鹽和海鹽間猶疑，
以布爾喬亞的姿態挑剔。

這牛排的
油脂，多像
莫內的圖！

那麼這片
黑鮪魚肚，該
是支華爾滋，
入口即化。

話兜了一圈，
兩個人仍在半山腰。

寂寞，
是剩下五分之一的油切綠茶，

荒涼，
是盤中喝了一口的海鮮濃湯。

他語氣揶揄地。

百萬網紅，
不，大作家
怕胖喔？

言不由衷的時候，
他總習慣摸起瀏海。

我欲言又止
終於放棄。

湯涼
掉了。

口是心非。

盡是廢話，我們都在說廢話。

多麼布爾喬亞的男女？
多麼小資自私的男女。

有家不錯的
義式餐館，
下次……

好呀。

當我痛恨他的
這一瞬間，
我也痛恨我自己。

沒有人願意為誰改變，沒有人。
沒有人願意在愛情戰役中先豎白旗，沒有人。

沒有人提分手，也沒有人牽手，沒有人。

半山腰，
有兩個彎彎曲曲的人。

像掌心的細紋、曲折的山路、波動的海岸線，
瞬間褪色的落日光影。

對於愛情消逝的事實，
有一種無以名狀的傷感，
欲振乏力，又不甘撤守。

盧老師，
可以幫我
簽名嗎？

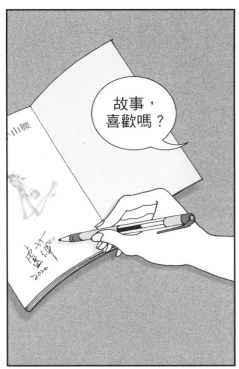

故事，喜歡嗎？

哈，有一點難懂，這些人的關係好複雜！

不好意思，布爾喬亞是哪座山？

布爾喬亞是譯名啦
Bourgeoisie

咦?!

Bourgeoisie馬克思主義的意思是資產階級啦。

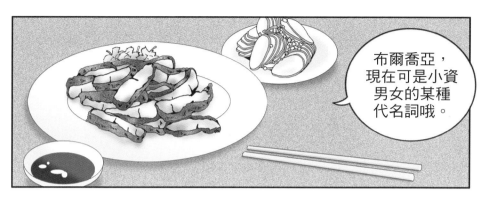

布爾喬亞，現在可是小資男女的某種代名詞哦。

原來是這樣！妮可阿姨好懂！

我也有在看書，好不好?!

不覺得這樣戀愛很累嗎？

……

可是，這世界上有不累的戀愛嗎？

我，只是想要有人愛我……

135

盧萍！

怎麼了？
不舒服嗎？

鞋跟
斷了啦。

這是我
學長李弘毅，
是個很棒的
攝影師喔。

阿正？

妳好。

真的好像。

阿正是我 17 歲的初戀，
分分合合十幾年，
我們從沒斷過聯繫。

我們對各自每段
戀情，都瞭若指掌，
幾乎親人一般。

一開始，
我只是驚訝兩個人的神似。

可是，
小趙簡直像 App 濾鏡，
不斷加強對李弘毅
的特效印象。

那麼
多年沒見，
學長還是
好帥。

他從學生
時代就很有
才華！

我暗戀
他好久
……

妳覺得
他可能喜歡
男人嗎？

怎麼辦？

面對小趙潮水般的告白，
我沒有被溺死，
反而卻對李弘毅好奇起來。

該死的好奇！

直到某一天——

ICO
ir salon

OPEN

SHAMPOO
CUT
COLOR
PERMANENT
DESIGN
TREATMENT

Sean，
是我當時沒公開的男友，
以他的身價難免逢場作戲，
我一直相信自己是他的唯一。

小萍，
怎麼了？
聲音怪怪
的？

我……

阿正！鹹酥雞
炸好囉！氣炸鍋
料理一次成功！
……欸～你跟誰
講電話呀？

阿正的女友們，
都很敏感，
無論是死去那一個，
或新婚這一個。

非常非常孤寂，
夜色比墨水還深。

喂～

我是
李弘毅
……

我看過
妳的書了
……

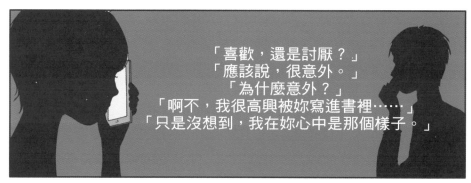

「喜歡，還是討厭？」
「應該說，很意外。」
「為什麼意外？」
「啊不，我很高興被妳寫進書裡……」
「只是沒想到，我在妳心中是那個樣子。」

哇靠!!

不會吧?!

世界真小……

「本店」是偶像劇必備場景嗎?

噓~

然後呢?!

?!!

總之，
就是遇人不淑吧。
應該說，總是
不正確的時間點，
遇到對的人
或錯的人。

「妳應該看得
出來我懷孕了
⋯⋯請不要再
打電話給阿正
了。」

非常非常孤寂，
夜色比墨水還深。

「突然很想妳，
可以見面嗎？」

「可以。」

妳好，我是李弘毅。

幸福的愛情，都很相似；不幸的愛請，各有不幸。

好像是呢！

沒錯！

本店可以申請偶像劇場景專利吧?!

笨蛋，是因為漫畫家懶得畫場景！

漫畫家

各有不幸？
傷腦筋，我竟毫無力反駁。

沒有人願意為誰改變，沒有人。
沒有人提分手，也沒有人牽手。

沒有人。

我唯一愧疚的是小趙。
至於，嘉嘉的存在——
李弘毅當時女友，
是我後來才知情。

而小趙，並非不敏感的人。

究竟怎麼開始的？

只因為相似？

還是？

還是，
不甘示弱？
或太寂寞？

在愛情的路上，
我大概是一個
容易迷路的登山客吧。

從這座山、那座山到另一座山，
眺望遠處，回望來首。

一發現熟悉的道路，
不自覺就橫衝直撞。

事實上，我只想要有一個人愛我，
有一片風景只屬於我。

「然後呢？」

我們站在半山腰，沒有人回答，天色就暗了。

愛情一樣黯淡，比鹽巴還鹹。

「累了嗎？」
「有一點。」

忘了是誰先開口，
總算打破沉默，
彼此都鬆了口氣。

兜了一座山，我們，
終於再度擁有默契。

如同當時的相遇，
天雷勾動地火般
擁有一致默契。

在那一瞬間，
我們看似愛情的忠貞信徒。

如今卻見，
欲望的蜘蛛在
暗處吐絲，
繼續結網。

要不要
換個地方
喝酒？

……
就一杯，
我明天要
上班。

我也是，
啊對了
……

在半山腰，什麼都可以。

也不可以。

我沒有談的那場戀愛

改編自林婉瑜散文
〈我沒有談的那場戀愛〉

我沒有談的那場戀愛，非常完美。

沒有笨拙的告白，
沒有告白被拒，

沒有一邊發呆一邊想著
「她現在在做什麼」，

沒有故意出現在她必經的路線，

沒有每半小時
看一次 LINE 等待新訊息，

沒有誰在誰的耳邊輕聲
說「我愛你」有如雷擊，

沒有一起散步直到
天空塌陷，
沒有一起在大雨中
淋個濕透，

沒有占有和嫉妒，
沒有抱歉抱怨暴怒抱頭痛哭，

沒有因為手牽手
而變成「我們」，

沒有久久的擁抱
直到兩人都變成化石，

不用考慮用什麼筆
（或字體字級）寫分手信，

沒有一起養一隻
叫做「怎麼樣」的貓，

沒有人一邊大哭
一邊吃掉三包M&M's巧克力，

沒有因為想念誰而變笨。

我沒有談的
那場戀愛
非常完美，

是一個
從無到無的
過程……

從沒有擁有
到沒有失去
……

沒有屬於
所以不必割捨
……

為什麼沒有談那場戀愛？

對呀？為什麼？

原來在唸書啊……

文章好像很有道理，只是……

為什麼?!

……

為什麼……

她長得太漂亮了……

哇～
果然是
美女！

好可愛
喔！

原來大吉
喜歡可愛型的
女生！

所以，你們
是在交友
軟體認識？

已經聊了
三個月了
喔?!

太沒自
信了，竟然
不敢約她
碰面？

咦？

這是誰
??!!

大吉，這是你的大頭貼？

有欺騙世人之嫌……

美肌、美顏，加上修圖……

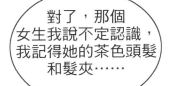

對了，那個女生我說不定認識，我記得她的茶色頭髮和髮夾……

可能是我同學的妹妹……

印象中有合照……

163

美肌、美顏，
加上修圖……

我沒有談的那場戀愛，
真的，非常完美。

我沒有談的那場戀愛 作者：林婉瑜

我沒有談的那場戀愛，非常完美。

沒有笨拙的告白，沒有告白被拒，沒有一邊發呆一邊想著「他現在在做什麼」，沒有故意出現在他必經的路線，沒有每半小時看一次 LINE 等待新訊息，沒有誰在誰的耳邊輕聲說「我愛你」有如雷擊，沒有一起散步直到天空塌陷，沒有一起在大雨中淋個濕透，沒有占有和嫉妒，沒有抱歉抱怨暴怒抱頭痛哭，沒有因為手牽手而變成「我們」，沒有久久的擁抱直到兩人都變成化石，不用考慮用什麼筆（或字體字級）寫分手信，沒有一起養一隻叫做「怎麼樣」的貓，沒有人一邊大哭一邊吃掉三包 M&M's 巧克力，沒有因為想念誰而變笨。

我沒有談的那場戀愛非常完美，是一個從無到無的過程，從沒有擁有到沒有失去，沒有屬於所以不必割捨，沒有承諾所以無關毀棄，沒有靠近所以無所謂變得陌生，無涉真心所以免除傷心，所有原本會經歷的感受都事先遁入空門。

我沒有談的那場戀愛，有存在的可能，也有不在的可能，有因為也有所以，有假設、有不成立，時時刻刻都在修改著故事的草圖，沒有發生，所以也不須消滅。

◎本文出自 林婉瑜散文集《我沒有談的那場戀愛》，尖端出版。
◎本漫畫作品獲得作者授權水瓶鯨魚改編創作成漫畫劇本。

渡邊昇的妹妹

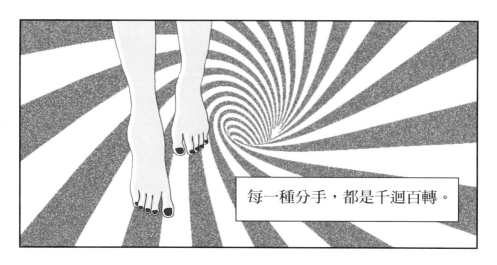

每一種分手，都是千迴百轉。

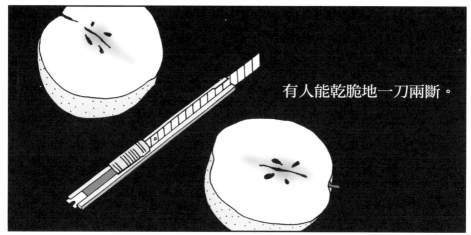

有人能乾脆地一刀兩斷。

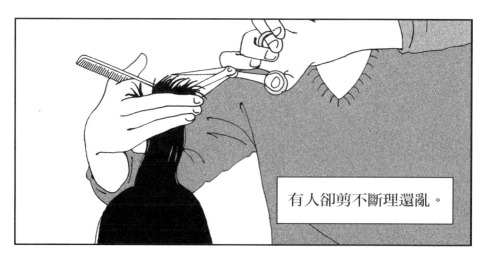

有人卻剪不斷理還亂。

妳這種叫歹戲拖棚吧?!

什麼？妳竟然還沒跟大陳分手？

大陳那一種貨色，是我的話，早就斷髮如斷情！

什麼斷髮如斷情？演古裝片啊？

唉，斷捨離哪這麼容易？又不是包包或高跟鞋！

名牌包包和高跟鞋，是挺難……

173

我?!

我想啊。

一直都在想啊。

只是,

斷髮如斷情,

髮斷如情絕?

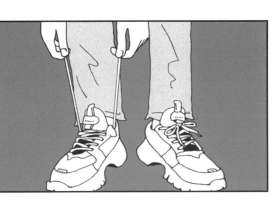

只是，
他說謊的技巧真的很差，

每次一說謊，
他總會穿上白色的球鞋，
彷彿可以洗淨他的汙濁。

他做設計，也愛留白。

他說：「白色，是最有
想像空間的顏色。」

而許多無跡可循的黑夜，
也留下各方空白。

「已讀不回」

大陳，是我第二個男友，
比起高中時期的初戀小陳，
是個年長我十歲的男人，

有時成熟，有時孩子氣，
常常充滿距離感。

像漂浮在半空中的一只紅氣球，
明明握在掌心，卻毫不踏實。

被騙了吧？
妳不是很敏感
的女生嗎？

不懂就
不要亂講！

**老男人本來
就比較會騙
小女生！**

小陳很幼稚，總是見不得我好。

妳不要
那麼笨好
不好？

你現在
女朋友也騙了
你嗎？她不是
大你兩歲？

才兩歲，根本算同年，妳男友可是大妳十歲！

這種感覺，好像渡邊昇的妹妹！

什麼意思？

渡邊昇對妹妹說，女生第一個男友，大部分跟自己同年紀；第二個男友，通常年紀比較大……

渡邊昇是誰？

是村上春樹一個短篇小說的男主角……

……

……

啊～貢丸湯，馬上就來！

因為女生比男生早熟，校園時代遇到同年紀男生，比較聊得來；一但出社會，女生就容易被有歷練的年長男人吸引……

渡邊昇的妹妹？

原來，
我不是獨一無二。

「這是獨一無二的哦！
這輩子，我第一次為女人畫圖喔，
連我老婆……我都沒畫過。」

真的嗎？

我心底其實明白，
小陳，沒有說錯。

說分床、說在協談離婚⋯⋯
大陳對我說的謊言，
同秋日風中紛飛的落葉，
老早在我心口堆積成小山坡，一觸即燃。

我昨天去
看電影，看到
大陳，還有他
老婆⋯⋯

幹，佐佐，
妳該不會什麼
都沒發現
吧？

怎可能沒發現？
有一天，意外看見大陳手機訊息。

「老婆，週五 18：30，H-No2046，
　我們的五周年結婚紀念日。👲」

我喜歡王家衛的電影，
但，這瞬間，2046，
這數字比結婚五周年紀念日，
還刺眼。

不是少女年紀了，那就做個覺醒女人吧？

我上週寫信跟他提分手了……

結果，他昨天帶一籃水果來看我……

哪招啊？竟然當妳生病了?!

他稱讚我的分手信寫得很好，像一篇清新雋永的散文。

#%$@……

妳該不會又心軟了吧？

他希望留校察看……

真不懂妳圖什麼？他不會離婚，也不可能包養妳，才華能當飯吃嗎？

我，究竟圖什麼呢？

喜歡嗎？
以後蓋一棟
給妳！

不能騙
我喔！

大陳的笑容，
總是那麼耀眼。

就像我們初識時那個電影院，
他坐在我隔壁，笨拙地撒了我滿身爆米花，
卻笑容燦爛。

再次相遇是在警察局，
他撿到我遺失的手機。

他溫柔的笑臉，
跟那一年耶誕夜初吻時，
一模一樣。

他，對待老婆和女兒，
是不是笑容也如此可愛？
這麼溫柔、那麼燦爛呢？

中秋節過了，該準備分手了吧？

可是，他……下週過生日。

靠～妳喔！

生日過後，他的設計作品，入圍了一項國外大獎。

恭喜！

恭喜！

他那麼興奮，提分手有點破壞氣氛……

……

185

嗯，他沒得獎，非常失望。

所以呢？

這時候提分手，好像有點落井下石吧?!

然後，耶誕節，提分手又太掃興。

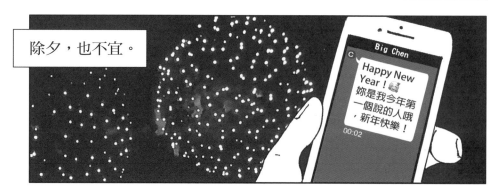

除夕，也不宜。

Big Chen

Happy New Year！🎍 妳是我今年第一個說的人哦，新年快樂！

00:02

每條大街小巷，每個人的嘴裡，見面第一句話，就是恭喜恭喜 ♪♪

農曆年，非常尷尬。

元宵節，怎麼樣?!

哈哈

NICO
Hair salon

OPEN

2/1 - 2/14
情人節❤
兩人同行
染燙5折

於是，又到了情人節——

從七夕搞到西洋情人節?! 搞笑吧?!

我像在開玩笑嗎?

看來，要等到愚人節或清明節……

喂！

哈哈……

別擔心，他們已經分手了。

「小葉，我這次真的狠下心了，因為，我戀愛了。」

果然要談新戀愛，才能下定決心。

據說是個富二代，對她非常體貼溫柔，重點是——這男人單身。

原來渡邊昇的妹妹第三個男人，是單身的富二代啊。

什麼渡邊昇?!

希望她真的遇到 Mr. Right！

我也希望，我早受不了她沒完沒了的爛戲……

「小葉，他要帶我去巴黎度假，哇，我這輩子從來沒去過法國呢。」

他真的不是說說而已呢。

巴黎好美，上午我們去了凱旋門，
下午要去塞納河遊船，再拍照給妳。

真好。

這一次，
左左小姐應該找到右先生了吧?!
對吧？

琺瑯鍋裡的
玫瑰。

決定把木柄損毀的鍋子扔了
那一瞬間，
突然不捨起來。

這只琺琅奶鍋，
是純如送的結婚禮物。

一組兩個，除了奶鍋，
還有同色一只湯鍋；
湯鍋通常拿來燉肉煲湯，
奶鍋適合煮奶茶。

偶爾溫酒。

前幾年秋末，我們旅居香港。

吃大閘蟹，就是要配幾杯溫黃酒。蟹涼，薑熱，可以中和。

小傑的老闆是老上海人，習慣吃蟹配薑絲熱黃酒，久了，我們也有樣學樣。

咦，什麼味道？

啊！

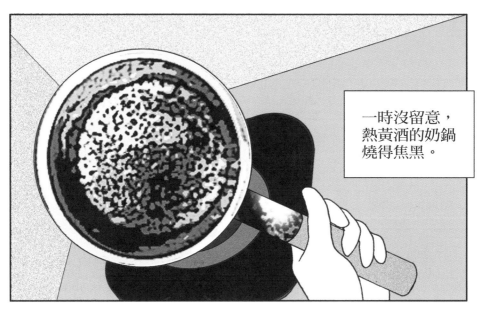

一時沒留意，
熱黃酒的奶鍋
燒得焦黑。

後來，
買了一堆號稱
「無敵洗滌劑」，
還是留下痕跡。

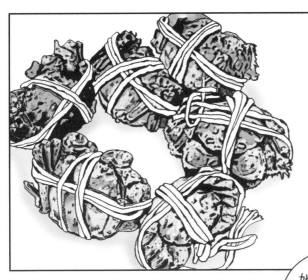

陽澄湖大閘蟹，
是純如特地拎來的。

三對公蟹母蟹，
每只足足四兩重
是純如昆山的親友，
幫她訂購的。

她親友說，
保證 90%
純正血統。

90% 純
正血統？

那100%
的呢？

據說，100% 的陽澄湖大閘蟹，
首先會送去中南海跟香港，
給官員和香港富豪……

比如，在陽澄湖住一星期，算50%血統……

然後，有很多號稱陽澄湖大閘蟹，都只是過水……

睡一晚，是10%血統，都叫陽澄湖大閘蟹。

所以，90%的大閘蟹是……

就是比喻嘛──90%的是小三，10%的叫炮友。

大吉對這種事，總特別敏感……只是為什麼又換回飛機頭？

?!!

呵，確實是好比喻！
其實，他和她的情分
是 90%、50% 或 10%？
她是小三？或只是炮友？
我，現在，都不在意了。

記得那一夜，
三個人在蟹膏蟹黃中，
大快朵頤，
喝得不省人事。

愛你越久，
我越被動～
♪♫

只因你的愛
居無定所～
♪♫

是你讓我的心慢慢退縮到
你看不見的角落～♪♫

……
然後呢
?!

他們也醒了，
可能被我的表情
嚇到，兩個人閃電
一樣分開……

真的喝
太多了
!!

沒想到黃酒
後勁這麼強
……

不應該
喝這麼
多的～

三個人有一句沒一句
為自己和對方解套，
包括我。

蘇慧倫《被動》

201

倘若那時候，解套方式幽默直白一點——

小傑，給我招！你該不是夢想齊人之福吧?!你你你……你兩棲部隊喔？

純如，妳竟然敢搞上我老公？妳大概不知道，他睡覺可是會放臭屁喔！

喂！我哪會?!

或許這件意外，會哈哈大笑過關。

結果，因為話都沒說開⋯⋯

那些心底的疙瘩，
仿如眼角日漸漲大的針眼，
知道不該輕易碰觸，但一眨眼就痛。

小傑再也沒說過這句話。

「叫純如來吃飯嘛，
又不差一雙筷子。」

不好意思，
我今天要加
班呢。

純如也有意無意
找理由，避開到
家裡吃飯。

那麼，小傑和純如會不會私下約吃飯呢？

後來，小傑回家的時間越來越晚……

說不擔心，
是騙人的。

老公

23:20 你在哪？

23:21 又加班？

23:22 吃了嗎？

我 這 但 你 有 在

ㄅㄉˇㄓˋㄚㄞㄢ儿
ㄍㄎㄐㄑㄒㄛㄜㄟㄣ
ㄇㄋㄏㄗㄘㄙㄩㄝㄤ

純如

無回應
23:29

無回應
23:30

無回應
23:31

小傑，晚上你和純如的手機都不通……

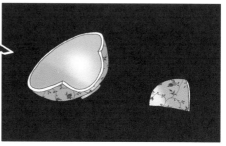

妳的疑心病要什麼時候才停止？

大家到香港工作，壓力都很大，誰像妳這麼閒？妳不知道純如一個女孩子獨自在香港生活有多辛苦……

啪

我不也是一個人來香港的嗎？

若非擔心相隔兩地、淡薄情感，
我在台北，至少是個懂情趣、
獨立能幹、走在大街的女子……
不是現在的黃臉婆！

新婚一個月，
小傑調到香港工作，
我辭了工作陪著來。

到了香港，
竟發現老同事純如，
也剛到香港就職。

久別重逢，我們都好高興，
難得在香港遇到朋友……

「學長？」

「純如？」

太巧了！
香港生活開始有滋有味。

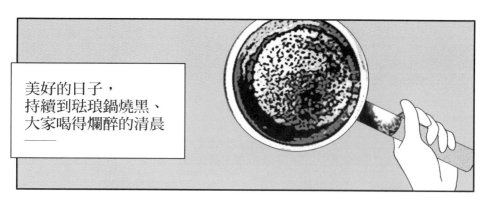

美好的日子，
持續到琺瑯鍋燒黑、
大家喝得爛醉的清晨
──

隔年又值大閘蟹旺季，
我們三人吃了一頓飯。

恭喜
茵茵姐！

我當黃臉婆
太久了，有人
看膩了呢！

喂～什麼
意思？

我回台灣，
我學姐潔希開了
公司，找我去
幫忙。

學長要調去
新加坡？
茵茵姐
也去嗎？

哈哈
哈哈～

這一次，我決心不想重蹈覆轍，小傑，也認為是好事。

春 小吃

春

這樣真的好嗎?!

覺得哪裡怪怪的……

世上沒有拆不散的夫妻只有不聰明的小三……

沒談過戀愛的人，還敢偽裝專家?!

這叫局外者清。

局外者？

其實，我不知道
自己在局內或局外？
在牆內或牆外？

搬回台灣，
才發現住在香港的自己，
竟然軟弱地不堪一擊……

愛情太短，寂寞更可怕。

雖然，偶爾，
我還是非常懷念——
那段喧鬧開心的相聚時光。

總之，在自己熟悉的城市，
有熟悉的家人、好友們和老同事，
以及一份有趣的工作，
我又變回婚前的茵茵，我所熟悉的自己。

秋天吃蟹時，
搭配一杯加了薑絲的
溫熱花雕酒⋯⋯

不知道是否錯覺，
感覺比在香港滋味好。

至於，
那一只斷了把柄的琺瑯奶鍋，
我在鍋底鑽了幾個洞，
買了泥炭土、肥料和幼苗。

期望有一日，
可以在豔陽下，
開出真正燦爛的玫瑰。

Head Over Heels :
Petite Bourgeois Lovers

水瓶鯨魚後記

沒有人知道

人生，並不容易。

人一生
總會愛上
幾個人渣
……

春嬌 志明

劉嘉玲：人生總
要遇到幾個渣男，
妳才會進步。

在愛情中痛苦
在名利中追逐
怎樣才能面對
存在內心的衝突
是不是讓步～

不需要
讓步～

是不是讓步～

不需要
讓步～

沒有人知道
沒有人知道
知道我的心

好吧，愛情，
確實不容易。

無論是過去或現在，
從作家林奕含輕生、
新北衛生局林姓女員工
跳樓輕生等等……都
感覺太不值了。

只是遇到一個渣男，
就一個。

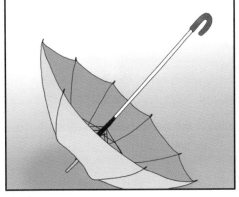

每每看到
這類新聞，
就很心疼。

她們這麼青春
熱情，充滿了
大把夢想……

氣憤也沒用，
人生多少曲折，
偶有過不去的坎。

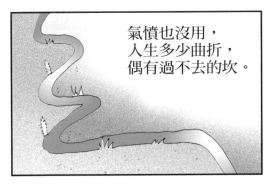

也會突然出現
深不見底的黑洞……

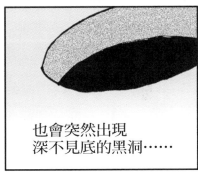

想畫這系列漫畫，
來自生活種種感觸，
覺得女性應更堅強一點。

愛情需要磨合，
但也應該保留
1/3 的強壯位置給自己。

即使生活圈
子多小，巧合
劇情多荒謬
！！！

這八篇漫畫，畫了近兩年，
真不習慣超過10頁的故事，
畫得很辛苦。

衷心感謝方格子
訂閱讀者們的支持鼓勵，
沒有你們，心力很難支撐。

謝謝～
我會繼續在
方格子連載
新漫畫！

持續下去的
另個原因——

這些年，
我有不少朋友過世，
年紀輕輕，
充滿才華和夢想。

也走了
兩個前男友。

包括，
初戀男友。

15歲的我，有三個偶像，一是金庸，
二是羅大佑，三是初戀男友。

初戀男友，竟然在50歲出頭就過世。

一個比我擁有10倍畫漫畫才華的人，
怎麼會這麼早呢？

而紀錄所有人點點滴滴、也紀錄自己——
那些超過15年的30本手寫日記與照片，卻因意外……被離世。

僅剩一張小合照，哈哈。

在愛情中痛苦
在名利中追逐
怎樣才能面對
存在內心的衝突

沒有人知道
沒有人知道
我以為你知道
知道我的心
～

218

布爾喬亞的半山腰

雙囍圖像 01

作者　水瓶鯨魚

主編　廖祿存

封面完稿｜內頁排版 線在創意設計工作室／Sunline Design

社長　郭重興

發行人兼出版總監　曾大福

出版　雙囍出版／遠足文化事業股份有限公司

地址　231 新北市新店區民權路 108-2 號 9 樓

電話　02-22181417

傳真　02-22188057

Email　service@bookrep.com.tw

郵撥帳號　19504465

客服專線　0800-221-029

網址　http://www.bookrep.com.tw

法律顧問　華洋法律事務所　蘇文生律師

印製　前進彩藝有限公司

初版 1 刷　2020 年 11 月

定價　新臺幣 330 元

有著作權　翻印必究

特別聲明：有關本書中的言論內容，不代表本公司 / 出版集團之立場與意見，
文責由作者自行承擔

贊助單位　文化部
MINISTRY OF CULTURE
REPUBLIC OF CHINA (TAIWAN)

布爾喬亞的半山腰 / 水瓶鯨魚 繪著. -- 初版. --
新北市：雙囍出版, 2020.11

224 面；17*23 公分 . -- （雙囍圖像；1）
ISBN 978-986-98388-5-6（平裝）
863.57　109015974